# O homem que não gostava de beijos

EDWARD PIMENTA

# O homem que não gostava de beijos

EDITORA RECORD
RIO DE JANEIRO • SÃO PAULO
2006

CIP-Brasil. Catalogação-na-fonte
Sindicato Nacional dos Editores de Livros, RJ.

Pimenta, Edward
P697h    O homem que não gostava de beijos / Edward Pimenta. –
Rio de Janeiro: Record, 2006.

ISBN 85-01-07696-1

1. Romance brasileiro. I. Título.

06-3473
CDD – 869.93
CDU – 821.134.3(81)-3

Copyright © 2006 by Edward Pimenta

Capa: Tita Nigrí

Direitos exclusivos desta edição reservados pela
EDITORA RECORD LTDA.
Rua Argentina 171 – Rio de Janeiro, RJ – 20921-380 – Tel.: 2585-2000

Impresso no Brasil

ISBN 85-01-07696-1

PEDIDOS PELO REEMBOLSO POSTAL
Caixa Postal 23.052
Rio de Janeiro, RJ – 20922-970

EDITORA AFILIADA

Para Laura

Meus agradecimentos a Luciana Villas-Boas,
Hamilton dos Santos, Gerald Thomas, Milton
Hatoum, Arthur Nestrovski e Bill Vines.
Eterna gratidão à minha mãe,
Lia Maura Homsi Pimenta, meu pai,
Edward José Pimenta, e meu irmão,
Guilherme Homsi Pimenta.

"Ninguém sente muito."

Jary Mércio, em seu livro-epíteto
*Ninguém sente muito*

# Sumário

Introdução 13

A carne 19
Os pêssegos 23
Bólido 27
A vaca 31
O perdão 35
Maria Schneider 39
Trigais 43
Memento 47
Shochet 51
Os poemas 53
Horace Jacko Catskill 57
Slice of life: Sylvia Saint 59

Spiderman vai comer você no jantar 63
A casa invadida 67
As cartucheiras do amor 69
Os livros 73
Pixels quadrados 77
Saia-secretária 81
Kalashnikov 83
Um duelo com Luther Blissett 85
Djoso-horace 89
Atropelamento 93
Namorados 97
Caput 101
Besta-fera 105
Música 109
Débito 113
Calçados de madeira 117
Chesterfield 119
Morbocornudo 121
Dois estalos 125

# Introdução

They don't kill cats Horace, do they? After all, quero dizer, as montanhas aqui ao norte de Nova York nada mais são do que uma versão classe média dos Poconos. Epa! Poconos, em português, também não quer dizer que temos poucos nós para amarrar. Chega! Horace é um homem, óbvio. Mais que isso. Um pervertido. Mais que isso. Um daqueles que todos gostaríamos de ser. Faz coisas e observa coisas obscenas e pornográficas... Chega! Vou começar de novo.

    Catskill não é propriamente um cara. É o seu refúgio. Seu sobrenome é o seu refúgio. É uma região montanhosa aqui ao norte do estado. Nesse refúgio, numa de suas covas, assim como Bin Laden na fronteira do Paquistão com o Afeganistão, se refugia em outro alguém: um Edward Pimenta. Tudo pode ser pseudônimo. Difícil distinguir um do outro.

Como lidar com tanta bipolaridade genial? Uso aquele desenho de Saul Steinberg* como exemplo: um coelho se esconde dentro de um cérebro humano e olha pro mundo através dos olhos desse ser humano dentro do qual está escondido. Ou melhor ainda, um outro desenho: a "retrospectiva" do mesmo genial cartunista e pintor onde um coelho está sentado em cima de uma tartaruga: a tartaruga (o bicho mais lento do mundo) está andando para o lado "direito" da página, enquanto o coelho, o mais veloz, sentado, está olhando pro lado esquerdo da página. Assim são os quatro personagens, o Horace, o Catskill, o Edward e o Pimenta: está formado o Quartett, o mesmo quarteto que, de certa forma, fazia os apimentados contos epistolares e libidinosos de Choderlos de Laclos.

Mas contos eróticos e pornográficos, acompanhados de uma enorme dose de, como dizer? Cultura? Bagagem? A arte da crônica genial? Sim, deve ser isso! Não começou no século antes do século anterior e nem com Sade nem com Chaucer. A História do olho

---

*Os desenhos de Saul Steinberg podem ser vistos no site do artista: www.saulsteinbergfoundation.org

de Georges Bataille é um fenomenal referencial para esse quarteto que introduzo aqui.

Se em Bataille a menina rasga um olho de um padre e se masturba com ele, ou usa o elemento da urina como objeto de satisfação e fetiche sexual, os escritos desse Horace Catskill nos conduzem através de um buraco molhado, excitante, que também oscila entre a vida e a morte, como todo sexo/limite, como todo sadomasoquismo, como todo autor que leu outros autores e sabe que o fundamental mesmo é saber que o único contrato que temos nessa vida é com a morte. Entendendo disso como ninguém, Pimenta, ou melhor, Horace, nos embarca numa viagem profunda de fetiches de arrepiar. E, mesmo marinheiros de longas viagens como eu, me peguei excitado, não querendo largar os manuscritos, lendo, relendo, pensando aqui com os meus botões e outros órgãos vitais e genitais: "quem escreveu isso?" "em quais condições?" "quem praticou isso?" "será que eu me colocaria lá?" "acho que sim... quer dizer... será que isso é verdade ou ficção?"

Pois é. Assim é. Ou será que não? Edward Pimenta é um jornalista, além de genial autor. Então, paira a dúvida (que saco isso, não? Eu, como autor de teatro, não gostaria de ser investigado a respeito de minhas peças: "são depoimentos verdadeiros, Mr. Thomas?"

Mandaria o primeiro à merda. No entanto estou aqui, a dissecar o autor. Que irônico). Eu dizia, paira a dúvida se o jornalista não se infiltrava em situações "sugestivas", assim como o famoso Gay Talese (orgiástico relator da década de 70), que se metia em situações salivantes.

Mas temos também um outro lado desses que se escondem atrás das façanhas indecentes. Um ser até bem decente, dadas as circunstâncias do mundo – esse, sim, imoral politicamente – em que vivemos. Horace, um aventureiro, seja dito, é um ser que tem seus membros no lugar, e sua ética, the ultimate tool, em última instância, é perfeita: a ética de um enxadrista. Um Capablanca, um Kasparov, os mestres dos mestres.

Gore Vidal na sua época brilhante de Myra Breckenridge era outro enxadrista e autor, político e semiólogo, pornógrafo softcore, claro, aqui pela West Coast só podia ser mesmo. O Ramparts Magazine, por mais "heavy" que tenha sido, e Larry Flint, por mais "abertas" as pernas e as vulvas que tenham sido, ganharam suas notórias causas na Suprema Corte Americana. Mas no que diz respeito à ética da pornografia... Perdão. Não quero voltar a isso. Afinal, Pimenta também se dedica a outras causas: em seu "Saia-secretária", Horace é um terrorista decadente, cuja cabeça passa a valer mais do que a de Salman Rushdie nos dias em que era perseguido pelo Aiatolah Khomeini e seus Satanic Verses. E mais não conto sobre esse conto. Mas quero, a todo custo, provar que Horace não é somente um perverso. Se bem que uma vez Flamengo, sempre...

Difícil minha tarefa. Apaixonado como estou pelos contos que li, reli e nunca me cansarei de ler, não estou isento de uma certa "culpa" de não chegar jamais à altura de expressar o vasto, digo, o VASTO, material contido aqui. Gostaria de escrever numa quilometragem tão longa como se fosse daqui de NYC até às Catskills, mas tenho que ir parando e, ao parar, dizendo somente isso:

Esses quatro são um quarteto do barulho como John, Paul, George e Ringo. Escrevo essa introdução num dia em que Sgt. Pepper's Lonely Hearts Club Band virou, oficialmente, selo postal na Grã-Bretanha, e um dia após os cinco anos desde que eu vi as torres gêmeas sendo abatidas pelos dois aviões (alusão, aliás, do "Saia-secretária") em 11 de setembro de 2001.

Não é fácil viver. E, dentro desse contrato, Edward Pimenta experimenta com a escrita de forma lúdica, grotesca, lindamente erótica (nunca sendo vulgar), manipulando a linguagem como os melhores autores, e nos leva àquele lugar em que estamos quando estamos sós e nos checamos sós diante da finitude do universo: sozinhos diante de nós mesmos, com uma imagem vaga de quem e do que nós somos.

Gerald Thomas<br>
12 de setembro de 2006<br>
New York City

## A carne

Devo ter sido um garoto mau. Nada mais justificaria o desconforto de, naquela hipotética manhã, ver-me corporificado num monte de cascas de psoríase. Preferiria morrer a ter de arrastar minha carcaça pelas ruas de Santa Cecília, infecto sob os olhos das septuagenárias que outrora admiraram minha fleuma. Minhas vias e principais artérias ainda funcionam.

Sair para comprar pães tornou-se uma operação de guerra desde quando — desajeitado e com o Parkinson bastante saliente — ficou difícil abotoar o colete e amarrar os sapatos. Mas o inferno está nos outros. Não consigo me comunicar com o porteiro do prédio. Não aprendi a saltar sobre o abismo cultural que nos distingue. Acho-o repulsivo. Ele não gosta e não entende o que eu digo, não se identifica comigo e deseja intimamente a minha morte.

À minha volta amontoam-se alguns víveres, um velho humidor, pôsteres das lutas de Bonavena, fotos dos antigos bailes do Clube Piratininga, as roupas de Maria Rocio e os lápis azuis que usava para desenhar a sobrancelha. Não há ruído exterior, está escuro, um leve cheiro de bolor emana do couro do sofá. Meus olhos estão perdidos nas reentrâncias do capitonê. Preciso buscar algo limpo para comer.

Posso sair, como às vezes faço, para comprar carne no único açougue kosher num raio de um quilômetro. E sentir, como sempre sinto, o horror nos olhos dos negros parrudos que andam nas ruas. Exalo o medo que tenho deles. Sou um magro recalcitrante, minha cavalgadura é cheia de rangidos, um homem de hábitos, uma presa com medo de morte. Aos oito dias fui circuncidado para celebrar minha ligação com Deus. Se fosse um inseto, seria um gafanhoto com perninhas de serra.

Havia uma saudável luxúria noturna nesta parte da cidade. Minha cabeça ainda está cheia de subversões sexuais. Como um flâneur que se alimenta de cenas, gostava de descer a Major Sertório e sentir aquele travo na base da língua, um pavor-prazer que eu me proporcionava à medida que a escória se mostrava, esquina por esquina. E o pacote de carne na mão, suado, textura firme, a mão cheia na tensão do filme plástico que envolve as fibras e isola o sangue.

Tal qual um voyeur obcecado, busco todos os lugares, gretas orgânicas e subterrâneos. Agora um fiapo de sangue escorre pelo braço, os dedos ganharam o beiço entumecido da carne. Um visgo, escapando, uma desatenção e logo um tranco nas costas, alguém vai pegar a peça ao final de um looping que já se desenha no ar, vai subtraí-la, obtê-la, correr com ela e comê-la. De onde estou, uma figura pardacenta dispara com o pacote embaixo do braço, movendo-se olimpicamente, deixando para trás meu corpo impotente no chão. E, de repente, começo a arrastar minha carcaça pelas ruas de Santa Cecília, infecto sob os olhos das septuagenárias que outrora admiraram minha fleuma. Meu nome é Horace Catskill, minhas vias e principais artérias são o mais completo caos.

## Os pêssegos

O homem ficou num quarto de dois por dois, sentado no chão, tendo ao redor um maço de marlboros cremosos, um copo de coca-cola e um prato de frutas. E como se quisesse aproveitar um tempo que parecia infinito, deu-se a escrever memoriais e cartas de exílio no caderno de notas que HC forneceu.

   A incidência de uma nesga de luz no âmbar do prato fê-lo subitamente despertar. O copo de vidro vagabundo era de um azul assustadoramente azul. Uma mosca cor de corcel verde-metálico voava do copo ao prato e passeava por cima dos pêssegos. Claro que os pêssegos estavam maduros, tinham bicos duros e pequenos como tetinhas de donzela, e a pele era coberta por uma lanugem luxuriante. Suas asas, de rápidas, lançavam no ar um zumbido supersônico, baixo, então ela voa até um canto do quarto, depois ao outro e volta na direção do homem, um cidadão americano que está tentando registrar no papel algumas impressões sobre como é ser-estar seqüestrado. Ela pousa na testa, coquete em sua carapaça automotiva, ele vai sentindo a irradiação de freqüências diversas, infaustos pensamentos, sólidos, uma rememoração dos primeiros anos como adido cultural em Curitiba, a escassez de uma longínqua década de 50, os anos de medo e o retorno triunfal aos braços de um Lyndon Johnson sorridente, convites e convites para jantar com editores, um convescote na mansão dos Knopf, sua invulgar verve ganhando destaque nas páginas da New Yorker, e mulheres, é claro, a admiração delas é quase tudo o que um homem polido como ele poderia querer. Gente de Hollywood tem pele de casca de pêssego, quase sempre rosa e aveludada. Assim era o embaixador. Sua imagem refletida na tensão do líquido escuro dentro do copo dava a exata dimensão de que, ao longo de sessenta e poucos anos, poucas foram as mudanças empreendidas pelo tempo naquele rosto de bebezão, de New England boy.

Vóp. A carnadura verde-criptonita do inseto em parafuso vai ao chão, amassada num golpe libertador. Um certo asco, claro, mas o homem volta a escrever como se retomasse o fôlego para deslindar uma oeuvre. E ao cabo de 11 meses tinha feito uma bela carta, vigorosa e colorida. E a narrativa era limpa, competente e bem ao sabor daquela tradição de textos que, pela pungência, entram para a história. Perde-se um diplomata, ganha-se um talentoso escritor. O orgulho de legar ao filho um testamento daquela importância.

As negociações malogram. O homem é executado com dois tiros na cabeça, arrastado até o porta-malas de um carro e depois atirado num matagal. O que é a seqüência lógica e trivial. No cativeiro, um risco de sangue liga a porta ao prato de pêssegos, encarnados, imóveis e sensuais. O quarto está impregnado de seu cheiro americano. HC vai ao marlboro cremoso, acende um, e com a outra mão toma o caderno de anotações, onde começa a ler uma bela epígrafe.

E queima tudo, deliciosamente.

## Bólido

O sujeito encostado no carro de HC, indefectível pé no pára-lama, devia achar bela a cidade do Porto na década de 40. Ali aboletado, o jornal nas duas mãos, parecia feliz com as lufadas matinais daquele ar ribeirinho. Mas a decisão de abundar-se na lataria creme do cadillac fora motivada por um estranhamento, mais do que por qualquer simples prazer do far niente à vista das ruas graníticas. A placa do carro era de Araraquara.

Como todos sabem, HC foi brasileiro durante a Golden Age do cinema americano. Um brasileiro bastante alheio a todas as preocupações nacionais, hábitos bastante refinados e um conhecido pendor para a prevaricação. Excêntrico, não bebia água por considerá-la demasiado ordinária. Apenas duas cervejas importadas, uma no almoço, outra no jantar. Não concebia deitar-se sem antes borrifar perfume francês na cama. E tinha uma obsessão por sapatos de cromo e pneus engraxados.

O sujeito tinha lido o obituário e agora dava uma passada d'olhos nas sociais, o traseiro comodamente depositado no capô do automóvel e alguns pensamentos incômodos na cabeça. Quem seria o filho-da-puta do dono de um cadillac ali parado naquelas circunstâncias, com placa de Araraquara e tudo o mais a que tinha direito? Tinha por óbvio que o bacana embarcara aquele carro num transatlântico, cujo itinerário fora cumprido em pachorrentos dias. Mas não sabia que o caprichoso périplo de HC acontecia de oito em oito meses, tempo que levava para trocar de amante. Suas tão jovens e portuguesas amantes.

Tudo faz sentido. De uma aparente coincidência brota a razão da existência, um velho cheiro de flor de laranjeira, as brincadeiras na praça e suas lajotas tão únicas, tão verdadeiramente lajotas de Araraquara. Bolinhos de polvilho, enfim, todos os clichês possíveis e imagináveis. E, de repente, lágrimas eclodem numa sincera demonstração de saudade, uma saudade avivada pelo carro ali, inerte, à espera de que alguém o desloque. E, ao longo do dia, o sol bronzeia a carcaça creme de todos os lados, primeiro num ângulo de trinta graus, depois a pino, e termina fraco com laivos rosas por detrás das águas. A lata esquenta, tine e arrefece. E seu traseiro.

Com os últimos raios solares e algum vapor de jogo e champagne, HC atravessou a rua na diagonal, um terno claro de escritor cubano e talvez até uma palheta na mão, cresceu um semblante espectral para cima daquele ser pousado no carro, "chispa", foi o que disse antes de abrir a porta, girar a chave no contato e sair em desabalada carreira, trepidante ladeira abaixo.

## A vaca

O minestrone escorria pelo canto da boca. Horace Catskill não tinha dentes em 1756. Aliás, ninguém tinha. Pela janela, HC observa a rua apinhada de prostitutas mirins enquanto lentamente carrega a colher de sopa. Ele que sempre preferira cavalgar camponesas cheias, bocetas amplas, agora considerava um crescente desejo por fêmeas menores.

Horace Catskill foi o maior protagonista da miscigeno-sifilização brasileira. Ele poderia sair daquela taverna e rumar ao subúrbio onde vivia. Mas direi que ele embarcou em direção a uma capitania do norte brasileiro. A mesma idéia fixa: uma fêmea menor para agregar ao seu plantel de escravas sifilíticas.

Num belo dia de sol, HC espia o interior da casa de pau-a-pique. Cheiro de respiração no interior do casebre. Dormem amontoados os três bacuraus, a filha de 13 anos, a mulher e o pai. O pai semidormente vem notando o desabrochar da menina, sua pele firme, graciosa, os cabelos compridos e os atributos de mulher feita, dentes perfeitos, faminta como uma pequena loba. Entre suas posses estão a prole, a mulher, um cavalo, meia dúzia de porcos e um alqueire de milho plantado. A vaca, definitivamente, fora eletrocutada por um raio.

Os senhores não podem fazer idéia de como aquela ambiência morna e nucléica promoveu no esqueleto de HC uma confusão de paixões e desejos salivatórios. Pelo racho da parede, junto com os primeiros raios do sol, o Coronel HC lança fungadas como se para sorver de uma só vez o odor das axilas emboladas, dos pés azedos, dos corpos moles de sono, do sebo de suas peles.

A menina desperta com o raiar do sol e levanta-se em direção à porta. Da cama, o pai observa a silhueta recortada pela luz. Os mamilos salientes, um odor hormonal, um desalinho. HC engole seco enquanto o pai abafa um desejo que se avoluma embaixo da manta. A menina ganha a luz, atravessa o terreiro deixando as poucas roupas pelo caminho, exibindo descuidadamente seu um metro e quarenta e oito centímetros de altura, ombros frágeis cor de mel, costas flexíveis e sedosas, cabelos castanhos queimados pelo sol. Na soleira da porta, o pai está ao lado do senhorio, observando a criatura banhar-se numa tina. Olham-se; em HC, a mesma idéia fixa: uma fêmea menor para agregar ao seu plantel de escravas sifilíticas. Na cabeça do pai, o cadáver da mocha e uns sentimentos estranhos.

# O perdão

O brilho do anel ia e vinha na altura da cintura, refletido em sua indumentária branca. Antevia sua presença. Sonhei com a autoridade do púrpuro e o entourage barulhento, mas agora sabia que tudo seria discreto. Pé ante pé, ele se movia como um atleta prestes a entrar em campo. A jaula onde vivo há meses é limpa. Não há palimpsestos de maldizeres nas paredes, apenas a inscrição das iniciais H.C. A propósito, ele acabou de estacar diante da porta, endereçando-me um olhar devastador.

Vejo-o depois de um ano. Um ano, um dia, dez horas e vinte e um minutos. Imediatamente antes do episódio, eu cruzara a praça, arfante, depois de ter comido um panino com salame, bebido meia taça de chianti quente e lido as principais notícias de um jornal do dia anterior. Para a ocasião, saí de casa vestindo um jeans comprado de um jovem hutu de dois metros de altura, numa dessas bancas de camelô. E me recordo de ter comprado flores, lírios num semi-ramalhete.

Estou indeciso entre continuar dizendo os pormenores de meu maior equívoco — qualquer pessoa menos soberba saberia o que fazer — e sinalizar para que ele finalmente venha a este velho banco de alvenaria. O modo como ele opera os músculos do sobrecenho me oprime.

Eram alguns milhares de pessoas apinhadas num frágil cordão de isolamento para ver a mais pura tradução do mau gosto desfilando pela via — um automóvel branco com formato de pão inglês, uma coisa horrivelmente vertical. Mas, na verdade, eu já estava cagando léguas para os melhores berninis. As pedras da rua iniciavam um retinir tímido, e a atmosfera era cheia daquela fragrância de gás carbônico com eflúvios de um Tibre morto. O alarido que os senhores depois viram nos filmes era como se não existisse para mim. Havia eu, alguns idiotas, ele e o silêncio.

Ele me tocou e devo dizer que senti um certo nojo de sua pele branca. O arrepio frio causado pela proximidade de seu rosto de broa em minhas antenas auriculares é algo que prefiro não qualificar neste estilo vulgar. O tempo ficou suspenso por dois milênios. Cara a cara, vi que ele se animou com a história do grande dia em que se cruzaram nossos destinos. Por detrás de uma família de japoneses — disse a contrapelo —, esgueirei-me, saquei com dificuldade do bolso traseiro da calça de brim a pistola, botei-a na mão do semi-ramalhete e subi, num instante, ao ângulo de um pivô de bola-ao-cesto, a fim de depositar em seu estômago dois ou três bons chumbos para acabar logo com toda a embromação. Um ano, um dia, dez horas e vinte e cinco minutos depois, ele está aqui para o perdão. E meu profundo desprazer.

## Maria Schneider

Depois de horas de discussão, o outro levantou, apagou o cigarro e bateu a porta da sala de estar, ganhando a rua. Um estrondo, o silêncio, e agora havia apenas HC, emoldurado por um cartaz bege de O Último Tango em Paris, fumaça extinta e eflúvios de 1964, ano que ele mais vira e vivera. Não havia vestígio da ansiedade que precedeu o toque da campainha no início da noite. A paz durou até que ambos estivessem frente a frente naquela mesa cheia de tremoço e ballantines.

Dez anos antes, quando Horace Catskill era um aspirante — sim, HC já foi um jovem —, a mulher do outro dera mole. Ele participava de jantares, promovidos pela mulher do amigo, nos quais a tônica era um certo compartilhamento de comida e bebida entre casais filisteus, HC o único solteiro. Tudo acabava naquilo que a comunidade liberal do sexo resolveu chamar de swing, e depois a coisa se prolongava por meses num wife swaping cheio de regras puritanas. Tédio à parte, numa certa noite ela resolveu passar o pé por baixo da mesa, no estilo "vamos ter um segredinho".

HC havia sido aprovado nos testes de força para a Aeronáutica, "um sonho estar no ar", notabilizado pelo vigor dos quadríceps, que desenhavam uma silhueta e um pisar firme de herói de guerra. Mais ansiosa do que o aspirante estava ela, recém-chegada aos cinqüenta, louca para conferir os encantos sexuais de alguém que não precisasse de muletas para se locomover. Em volta da mesa provida pelo marido aleijado, achou por bem seduzir o menino com fortes investidas nos bastidores daquelas pernas, que, invariavelmente, tinham 1964 como tema.

HC poderia ter comido. Os mais astutos convivas, óbvio, perceberam. Isso não lhes diminui a filistinagem. No entanto, ele brochara seguidamente para cumprir o script de homem mais indecente do mundo. Em sua boca, o gosto do pau mole de HC se misturava ao amargor de ter se estrepado. A coisa durara 15 dias, com desistência mútua, mas o reflexo, como nos livros de História, apareceria no momento oportuno.

Quando atingiram mais ou menos o terceiro quarto da terceira dose, intensificaram-se as tratativas. Vietnã, reforma agrária, o playground ideológico que Cuba se tornara para os intelectuais da América Latina, o golpe. Dos "perigosos", salvaram-se todos, menos o outro, pernas amputadas. Aleijão que ajudou a conquistar Alice, mãe e dona de casa devotada.

Por fim, o ambiente fica impregnado de um daqueles intervalos importantes, um momento propício para que HC inicie o mea culpa para confessar ao amigo a histórica prevaricação, sobretudo agora que a mulher está morta. Nenhuma palavra. Depois de horas, o outro apaga o cigarro, levanta-se num esforço e caminha dignamente com um tilintar metálico atrás de si, batendo a porta da sala de estar, ganhando uma rua já clara. Silêncio, mofo e fumo. Ali dentro, HC não consegue parar de pensar como teria sido transformá-la em sua Maria Schneider.

# Trigais

O disco que havia semanas ficara engatilhado na faixa três, inerte, encapsulado no tocador de CD, precisamente no momento em que a cantora terminara de pronunciar a palavra curtume, voltou a ser executado após a chegada dos primeiros laivos de eletricidade desencadeados pelo girar da chave. Um gesto mecânico que ele não fazia desde quando perdera a consciência no acidente. Ouviu-se ainda a melodiosa inflexão interrogativa, depois de "curtume", e algumas notas de piano logo se imiscuíram na geléia sonora que impregnou o interior do automóvel. A realidade se impôs devastadoramente. Ficasse ele vinte anos vegetando na cama, vinte anos promoveriam nele o espetáculo fabuloso do apodrecimento gradual das carnes. Se a vida humana floresceu no planeta muitos milhões de anos depois do surgimento do grande caldo de protozoários e, desde então, bilhões e bilhões de pequenas pessoas nasceram, fornicaram e adubaram a terra com seus despojos mortais, admitir que os eventuais leitores desta história já estão tecnicamente mortos é uma questão de bom senso. O mesmo se aplica àqueles que já nos deixaram a meio caminho.

Eles não saberão, entretanto, que o acidentado, o famigerado Horace Catskill, fundara tantas seitas ao longo de sua libidinosa existência. Todo mundo pelado, todo mundo na moral. Ele explicava a chave do sucesso: que todos trepassem juntos para que parissem juntos e, assim, garantissem uma sobreposição de gerações com os mesmos princípios. Tudo começou num quarto-e-sala em Bucareste. As fileiras engrossando, partiram para um amplo galpão. Todo mundo era de todo mundo. Nádegas, vapor corpóreo e esperma. Dedos, vozes engroladas de luxúrias mis. A idéia de uma autoria coletiva, crescente.

Em poucos anos eram mais de mil. E não mais cabiam no galpão, tampouco num ginásio. Sob o condão de HC, pés na estrada rumo aos trigais romenos. "É preciso manter a egrégora." Um exército nu em intensa fornicação noturna. Ao longe, um automóvel passa zumbindo com sua carcaça pastel de carro comunista, e a família dentro dele vê aquilo que, bem distante, parece-lhe uma manada.

    As autoridades romenas começaram a esquentar a cuca. Aquelas enormes falhas nos trigais, antes vistas com amistosa desconfiança, "discos voadores pousando aqui", agora "ofereciam risco à saúde financeira do país". E logo foram os milharais e todos os campos em que se podia deitar para trepar. Da perspectiva de um satélite, que na época inexistia, poder-se-iam ver os grandes círculos à flor da terra, como furos perfeitos num queijo suíço.

## Memento

Por um breve período, Horace Catskill comeu um ícone do feminismo. Eram os últimos anos da década de 50. Um burburinho anunciava a subida da jovem SS para discursar no promontório. Naquele mesmo dia, num subúrbio de Detroit, uma canadense pariu a menina Louise Veronica Ciccone, que no futuro viria a topar com HC em atitudes embaraçosas. Ele está ao lado de sua balzaca apetitosa, hirsuta, com a bavardage pró-direitos civis na ponta da língua. Silêncio. O discurso começa.

Andaram dizendo que ela estava metida com haxixe, maçonaria, sufismo e Hatha-Yoga. Mas, ao que parece, era mentira. Se assim fosse, o tom seria outro, ainda mais com os black panters na retaguarda. Súbito,

HC cai num sono ripvanwinkliano. Levado a um catre ordinário, só vai acordar uns vinte e poucos anos depois com uma devotada coroa limpando-lhe os fundilhos com um paninho embebido em água quente. Um senhor buço negro emoldurando um sorrisinho. Expediente repetido ad nauseam nas últimas duas décadas. Ele abre um olho, depois o outro: o horror. O divórcio foi, de fato, uma das maiores conquistas da revolução sexual.

Ninguém ouviu suas primeiras palavras depois do longo oblívio. Foram pronunciadas dentro de um velho restaurante a uma garçonete metida num uniforme de mangas bufantes. Pepsi-cola, ele disse. O sol entrava em listras pela veneziana; havia ele, um hambúrguer malpassado, a mesa de laminado, a garçonete, um vidro de ketchup e uma jarra de café. Silêncio. Um ventilador de teto demora um ano lunar para dar a volta completa. Do lado de fora, uma menina revira a lata de lixo. Convidada, a sujinha não tirou os olhos do sanduíche até contar nervosamente que sonhava ser popstar, mesmo que tivesse que começar dando pra ele em troca do jantar. Um par de coxas suculentas. Ao que ele assentiu num esgar.

Depois, quando ficou famosa, ela negou veementemente ter conhecido Horace Catskill. Na TV, ele assiste à entrevista de uma mulher de cabelos grisalhos com um livro nas mãos. Na foto da capa ela aparece escoltada por dois negros fortes, ao fundo. No dia em que fizeram a foto, ela escolhera a camiseta de estivador que eles deveriam usar. Ela rendia loas à tal Louise Veronica Ciccone. Então mostram a fotografia da moça, usando crucifixos e badulaques, uma saia plissada em atitude ligeiramente punk. Andaram dizendo que ela estava metida com shoplifting, gaspers, álcool e sadomasoquismo. Mas, ao que parece, era mentira. Essa provavelmente poderia ser Hillary Rodhan Clinton, nos seus anos de ouro. O divórcio foi, de fato, uma das maiores conquistas da revolução sexual. Ninguém ouviu suas primeiras palavras depois de tão longo oblívio. A imagem dela fixa na tela. Um par de coxas suculentas. Por um breve período, Horace Catskill comeu um ícone do feminismo.

## Shochet

para Gerald Thomas

Com o olhar perdido por cima dos outros, vem ele. A água escorre-lhe lombo abaixo, e a longa fila prossegue, com os cascos úmidos e um cheiro penetrante de pêlo molhado. Os corpos bestiais movem-se em estabanos, tocando as baias de alumínio. Um som abafado de linha de produção mistura-se à Nona de Beethoven e chiados d'água esguichada em toda parte. Ele derrapa, pisa em falso, triscando os azulejos brancos com as patas. Há ali uma paz. Uma conformidade. Uma ambiência asséptica. Alguém espeta de leve o couro negro de suas ancas, nova derrapagem, a Nona cresce e, enfim, o focinho ereto encontra um botão de metal, e a descarga elétrica frita o parênquima cerebral, imediata parada cardíaca, ele desmonta nas quatro pernas e cai numa esteira que o leva adiante até desaparecer atrás de uma cortina de vinil.

Num pequeno promontório está Horace Catskill com a lança na mão. Ele fustiga vivamente a fila, um a um. Um belo shochet, magro, branco como cera, longos cabelos na altura do ombro. Ele coloca o animal de ponta-cabeça num tambor, passa a faca na garganta e arranca traquéia e esôfago. Amontoadas no chão, as bestas com a traquéia à vista tentam ficar de pé, patinando no visgo vermelho do piso. Enzimas, toxinas e hormônios vão e vêm e jorram. Os corpos tesos, alguns espasmos, nenhuma música, apenas o baque agônico e surdo dos corpos no solo, um após o outro. Adrenalina. Adrenalina pura.

## Os poemas

Quando HC brigou com os cavaleiros do desconstrucionismo, foi um grande acontecimento. Ele resolveu ficar na turma dos que envergam austeros guarda-pós, estudos clássicos e mimosidades shakespearianas. Logo ele, que ajudara a fundar a grande novidade do pensamento filosófico pós-moderno. Era o final dos anos 60, uma atmosfera ninguém-é-de-ninguém. Como todo professor daquela época, Horace Catskill tinha um bom divertimento com suas fantasias sexuais elevadas.

Não que não fosse um homme a femme, mas gostava mesmo era da contemplação demorada das pequenas belezinhas do campus. O magnetismo de suas palavras, impregnadas de uma incômoda misoginia, atraía uma ou outra incauta ao gabinete depois das aulas. E ele papava, se não tivesse impedimento muito claro. O feminismo floresceu nas instituições liberais onde lecionou. E era óbvio que, no futuro, ele teria de pagar pela pregação que fizera em favor de todos aqueles maravilhosos homens ocidentais brancos e mortos.

Principalmente porque, num dado dia, ela foi ao seu gabinete mostrar uns poemas. "Mostrar uns poemas" significa que ela queria dele uma apreciação sobre o trabalho literário, e também que a opinião de HC era importante. Levou-o ao alojamento, não sem antes cruzar todo o campus, lado a lado, na cabeça dela um sentimento de prestígio, na dele uma preocupação em não ser visto pelos colegas do departamento.

Uma garrafa de vinho é aberta para embalar a leitura. A distância que os separa é de meia envergadura. Ele está desconcentrado e demora a focar as letras impressas no papel dos poemas. Por princípio — e ela deveria saber disso se fosse boa aluna —, HC não leva a sério nada que tenha cheiro de contemporaneidade. O cheiro de contemporaneidade dela é almíscar puro com leve olor de pakalolo, bem ao gosto das garotas lost generation de sua estirpe. O silêncio é insustentável. Ela espera um cenho de aprovação como quem madruga nas bancas para checar uma resenha favorável nos cadernos de cultura. O vinho começou a promover suas peripécias sangüíneas, e tudo o que ele fez foi olhar bem no fundo dos olhos dela — como quem diz "você é magnânima" — e abatê-la no chão.

Alguém deve ter dito coisas horríveis sobre as pregações que HC fizera em favor de todos aqueles maravilhosos homens ocidentais brancos e mortos, pois, numa dada manhã, sem ter feito aparentemente nada de errado, teve sua casa invadida e foi levado preso.

## Horace Jacko Catskill

HC transformou-se numa mosca. Uma drosófila. E instalou-se nas reentrâncias da prótese nasal de silicone de Michael Jackson. Recolheu as asas e ficou com sua cara de inseto ali na pia de mármore travertino esperando os primeiros raios solares e o dono do falso nariz. Michael Jackson caminhou nu até o banheiro e colocou-se em frente ao espelho com as duas mãos na pia. Examinou-se demoradamente, riu-se da aparência de personagem de desenho japonês e pousou a mão demoradamente no oco das fossas nasais. Deslizou as mãos pelo corpo sarapintado de nódoas de melanina e manchas cor de leite. Entra um staff de maquiadores, surge um roupão de seda, alguém começa a pentear seus cabelos com as mãos, música, música de Michael

Jackson no ar, uma mucama agarra a prótese e a encaixa bem no meio do rosto, duas ou três pás de pancake, pó, rímel, em minutos estaria pronto.

Horace Ambrose Catskill surpreendeu-se dentro das vias respiratórias de Michael Jackson. Com acesso ao crânio todo. Ficou ali pespegado num tecido grudento, pensando em desvendar os meandros e caraminholas da cabeça do maior astro negro da indústria pop de todos os tempos. Não seria difícil.

Alguém do entourage trouxe-lhe o jornal. "Defesa de Jacko chama neta de Marlon Brando para depor." Por dentro dos olhos de Michael Jackson, HC leu a manchete. Estavam, ele e Jacko, prestes a um confronto de forças mentais. Jacko vai ao chão num suave desfalecimento. A mente mais forte prevalece, e HC mosca assume o comando quando o astro se põe de pé, refeito. Em minutos, Horace Jacko Catskill subirá as escadas do tribunal para ouvir a sentença que o inocenta de ter papado todos aqueles garotinhos.

## Slice of life: Sylvia Saint

Quando Sylvia Saint nasceu, era primavera na Tchecoslováquia.

1976. A família era feliz no gueto em que vivia, e os dois olhinhos azuis de Sylvia somaram-se a essa felicidade. Vestidinhos floridos, jardins, homens bebendo cerveja aos domingos, tudo fazia parte de um cenário bastante saudável, onde a pequena deu seus primeiros passos e teve suas primeiras percepções da mudança de clima, de estação, de sol e de chuva.

Daí para se tornar a rainha do vídeo pornô mundial e, por fim, aposentar-se depois de desposar um compatriota milionário, foi um átimo. Nenhum abuso sexual na infância, nenhum trauma aparente. Ela resolvera pela panóplia de caralhos e pela sodomia generalizada porque simplesmente gostava. Não amava, mas gostava. E a desfaçatez com que "gostava" deve ter sido o segredo do sucesso. O descompromisso com que levava as estocadas.

A vida de Sylvia poderia ter mudado completamente quando, numa bela tarde outonal, seu destino uniu-se ao de Horace Catskill. Dentro de um sexshop apertado, ele perto da porta, ela a dois segundos de virar-se, HC adianta um passo e então o saldo da trombada é um roçar da boca nos cabelos do peito. Um pra lá, dois pra cá, desvencilhamento, sorrisos amarelos borboleteiam e se trocam no ar, e enfim uma mudança de atitude irrompe, o gosto do pêlo dele na boca e o molhado da boca secando no peito, troncho-a à la galo na cabine do peep show, pensava ele, comerei o esmegma desse velho sujo, considerou ela.

Dali foram para um clube de cavalheiros. Belezinhas russas, tchecas, latinas e o lixo branco yankee. Alternavam-se numa passarela espelhada central de quatro lugares, exibindo-se nuas. Depois desciam e vinham oferecer uma esfregação por cima da roupa. As bolsas de valores do mundo abrindo, fechando, um sol lá fora e dentro o escuro úmido de carpetes vermelhos, corrimões dourados, gelo seco, bolor, cânfora e perfume doce. Sylvia traçou duas brasileiras, e ele tomou três conhaques.

Quando HC passou aids para Sylvia Saint, era outono em Nova York.

## Spiderman vai comer você no jantar

O pai de Horace Catskill era sifilítico, cego e paralítico. Durante toda a sua infância, HC sentiu o cheiro e conviveu com a textura dos excrementos do pai. Ele o amava. Já a mãe, um ser volúvel de espírito suicida, tinha um pedaço bem menor de seu pobre coração. Sempre que tentava se matar, HC tinha de recolher a sujeira de seus malogrados intentos, de sua incompetência para viver ou morrer. Muitas décadas se passaram, relativamente séculos, até aquele grande dia.

Dentro do quarto fétido, tudo agora era uma questão de limpar a área.

A ardência da urina nas pernas. A sua própria, concentrada e cheirosa, ou a dela. Divine era a boneca titular, contratada nos tempos de profunda depressão para mijar em suas pernas enquanto ele se masturbava. Divine — a quem chamarei D por medida de economia — fazia o gênero boneca-matrona, com seios grandes como tetas empedradas de cadela.

Ela aplicava um baque de heroína e depois trazia uma bacia de ovos cozidos para passar em cima dele, ovos com uma membrana fugidia, escorregativa, um mundo de cheiros à tona, HC em posição fetal para que D enfiasse os ovos. A gordura dela vazava pelos meandros do arreio de couro, por entre os quais via-se também um pequeno caralho branco, de longo prepúcio mole, adornado por pêlos pubianos claros.

D cortava as unhas, colocava uma finíssima luva cirúrgica, untava-a com gel e prosseguia com ela em seu cu até que entrasse toda. Na velha cabeça de HC, uma total desordem de sentidos, iminência de morte, impossibilidade, exaustão, orgasmo, enfim. E como se recobrasse a vida depois de um coma, cresce-lhe uma vontade de desfalecimento; D sabia que teria de esganá-lo. E enquanto manipulava seu cacete com a luva já cheia de fezes, deixava o peso recair sobre a outra mão, devidamente calcada no pescoço dele. Sumindo, sumindo, um barato zunindo, e então solta, para um segundo gozo no limiar da morte.

HC adormece com ela entoando um acalanto, Spiderman is having you for dinner tonight, Spiderman is having you for dinner tonight, sibila entredentes.

De manhã, HC abre um olho, depois o outro, a seu lado um semblante um tanto eqüino, um maxilar masculino em avançado sono, e visto daquele ângulo apresenta uns tocos de barba rompendo a pele e a maquiagem. Asco. Dura um segundo o movimento que compreende passar a mão num suporte de livros com a efígie do Divino Marquês, um galeio, rodá-lo em elipse aérea até emplastar a máscula cabeça, que repousa agora pela metade, com nuanças de negro, púrpuro e carmim que se misturam e são absorvidas pelo travesseiro.

Dentro do quarto fétido, tudo agora era uma questão de limpar a área.

# A casa invadida

Poderia ter optado por Toronto, Cádiz, Rio, Tenerife, Notting Hill, New Orleans, Salvador ou Port of Spain. Mas foi Veneza, com seu cheiro, a escolhida. Eram apenas cinco dias de folia, sexo selvagem de anônimos arlequins, colombinas, pierrôs, malabaristas e comedores de fogo. Quis o destino que no ano da graça de nosso senhor de 1959, HC fosse ao carnaval veneziano.

Alugou uma casa. Os fundos davam para o canal. Uma porta de vidro dividia as dependências em duas. Frente e fundos. O aluguel caríssimo, uma bela clarabóia na sala principal e archotes fajutos. Um sofá que, de tão antigo, cheirava a couro cabeludo. Aquilo que restara de um caramanchão podia ser visto através do vidro canelado da porta divisória.

Sozinho, acabava no sofá, dormitando finais de farra. Logo no primeiro dia, um vácuo, sonhos intranqüilos, a sensação de estar caindo, um barulho nos fundos. E a impressão de que uma parte da casa havia sido invadida. Na segunda noite, nos estertores da orgia, o inquilino pressentiu que uma outra parte da casa havia sido tomada. O estranhamento, nesse caso, nada tinha que ver com qualquer apego ao lugar, que era apenas compartilhado por mulheres e homens transitórios, como se um abatedouro de carnes fosse. HC gostava da idéia da presença oculta de seus invasores. Até porque não tinha ninguém para fazer cafuné.

Na terceira e quarta noites, as invasões se seguiram. Até que, ao final e ao cabo, pouco espaço restava para a fornicação. Cinzas, um vapor ainda afogueado de Pernod, HC levantou-se com os raios solares esquentando o sofá, ganhou a rua, bateu a porta da entrada atrás de si, trancou, respirou uma boa quantidade do fresco fedor veneziano da manhã e viu ao longe uma fila trôpega de mendigos clássicos, com seus paletós decadentes, garrafas e fuligem no rosto.

## As cartucheiras do amor

O menino mamava a ponta, desenvolvia magníficas circunvoluções, a lépida língua descolava o prepúcio em perfeita consonância com os puxões, para cima, para baixo, aumenta a freqüência, intensifica-se no ar o azedo. O líquido escorre pela boca. Horace Catskill andava pensando em deixar a batina. Escuro. Pano rápido.

HC é um ateu, muito mais por uma convicção íntima do que pela falta de educação religiosa. Era um tradicionalista, execrou João XXIII e clamou por um conclave que trouxesse de volta um papado legítimo como o de Pio XII. Deu-se a comunhões de acres fundos de estômago e iniciou-se nas artes religiosas pelas mãos de anciãos aparentemente assexuados.

No seminário, pensou em tornar-se um jornalista vaticanista. Mas depois abraçou a vocação para "tornar-se um servo". Amava os deliciosos ágapes, a fraternidade unida com seus muitos hormônios, o inesquecível mau cheiro nos pés perfilados nos beliches. Momentos de pegação à noite com a discreta complacência das autoridades eclesiásticas.

Estudos em Bolonha. Matemática e Latim. A ordenação coroou a mocidade, lançando HC no mundo dos adultos. Adulto, nunca rejeitou certos acepipes sexuais. O olhar indulgente e cúmplice dos pequenos aprendizes, oh!, o amor deles era para Horace Catskill uma das coisas mais sublimes.

Instruções para uma boa performance no fellatio: boca semi-firme e passagem livre até a garganta. Ele pontificava, aviava a receita farmaceuticamente, insistia em certas peculiaridades, certos rococós, certas cerejas on top que adorava. De mais a mais, o grande tempero era a aceitação total, o aprendizado sem perguntas, a latência de uma explosão, um arriscado jogo de confiança infantil que pode arruinar tudo a qualquer momento.

Um dos pimpolhos, o preferido, pegava-lhe nas flácidas cartucheiras do amor para equilibrar-se de cócoras. Oferecia-lhe a laringe toda, a baba escorrendo em cordões. Tudo é uma questão de manejar a língua e os dentes, bastando para o sucesso não dar com estes naquela. Súbito, intensifica-se o azedo no ar, sinos, um branco, a ponta da glande trinchada com os incisivos, o líquido vermelho vaza num denso derramar, Horace Catskill andava pensando em deixar a batina, escuro, pano rápido.

## Os livros

HC não tem mais chances. Elas terminaram algumas horas antes do momento em que ele fez 45. Era primavera. Ele acordou como se fosse personagem principal duma lenda urbana, numa banheira cheia de gelo, com um talho na base das costas e a constatação de que perdera um dos rins no "boa noite, Cinderela".

Homens hormonais como HC quase sempre desejariam viver a mesma vida tantas vezes quantas fossem possíveis. O corpo assoberbado por um fluxo de sangue aos borbotões dentro dele. O tegumento expandindo-se como se para protegê-lo do meio ambiente. Naquele dia, duas interessantes ocorrências marcaram o insignificante curso de sua existência como bibliotecário. HC foi bibliotecário em priscas.

É uma história que poderia ser a de um escritor francês do nouveau roman, mas, desafortunadamente, diz respeito a um indivíduo ordinário e desprovido de qualquer charme. Um sujeito que foi capaz de despertar o interesse de alguns poucos espécimes do sexo oposto e, sem dúvida, também por isso, acabou gerando descendentes com feições que lembravam vagamente as suas.

O que me cumpre dizer é que, no fatídico dia, logo pela manhã, ao vê-la sendo sodomizada por um homem mais apto do que ele, sentiu que nenhum presente poderia ter sido mais especial do que aquele que ela, descuidadamente, fizera-o gozar. Assim, foram alguns passos até a cozinha, a seringa de potássio preparada calmamente para, em segundos, embarcar num esquecimento de horas. A lavagem de seu farto sangue com um antídoto no posto de saúde abriu um leque de possibilidades. O rosto dela visto por baixo, éter e corredor de hospital. À tarde, estava pronto para outra.

Breve digressão. Quando o HC bibliotecário foi lotado naquela repartição, eram milhares os títulos sob sua responsabilidade. Note-se que era uma biblioteca sem leitores. Durante anos, ninguém ousou deitar os olhos por ali. Como as verbas rareavam em progressão geométrica e as despesas se mantiveram as mesmas por quase um século, HC achou razoável vender os livros em lotes para saldar as dívidas e garantir seus proventos. Começou vendendo toda a literatura brasileira.

    A concavidade na base das costas fez uma sucção na cadeira ordinária de couro falso quando ele se pôs de pé para receber o escritor. "É aqui que é aqui?", perguntou o beletrista, estupefato, olho nas estantes vazias. "É", respondeu HC, preparando-se para passar nos cobres um último Guy de Maupassant.

## Pixels quadrados

Enquanto os pixels forem quadrados, a impressão de uma foto digital será sempre artificial. Estas imagens dispostas na tela, que há meses decidi guardar, são do funeral de um parente. Ela está imóvel em sua aterradora esqualidez, e o medonho derrame de veias faciais é improvável como um pictograma barroco. Alta definição da morte, em vários ângulos, registro das presenças no enterro, tudo intermediado por uma imprecisão ultra-real de pixels quadrados.

Não seria preciso relatar essa atroz limitação — minhas palavras não ensejam nuanças mais verossímeis —, não fosse o senso de responsabilidade que anda me oprimindo; há tempos tenho pensado em apagá-las da memória. Mas sucede que a morte desta mulher de noventa anos ocorreu naturalmente, como se havia de supor naquele verão, perturbando uma ordem inatural de coisas. Mãe de minha mãe, lembro de vagos cafunés por ela desempenhados burocraticamente, e as gemadas, um pó-de-arroz onipresente, suas orelhas grandes de velha com brincos vaidosos, um sistema circulatório-tegumentar frágil como nata de leite.

Seria natural que mamãe estivesse presente. Teria pleiteado um caixão um pouco menos ordinário, compartilhado algumas dores com os irmãos. Mas, recém-saída da mesa de cirurgia, depois de uma angioplastia, duas safenas e a troca de uma mitral de pele de carneiro por uma metálica, era de se imaginar que o médico proibiria fortes emoções. E, mesmo que quisesse, estava atada aos respiradores e provedores de soro, renascendo à base diária regular de hipnóticos.

Naquela tarde, quando acordou, relatou à enfermeira o triste sonho de que sua velha mãe viera vê-la. Um sonho, obviamente, sem muita explicação. A velha estava, àquela altura, morta e mobilizando gente à morgue municipal.

HC intuiu que a mãe, depois de recuperada, viveria um desconforto por não ter visto o coveiro negro rebocando as paredes da sepultura caiada. Daí as fotos "dirigidas" por ele em todos os seus detalhes. Algumas realmente imprestáveis, sem luz e foco, enquadramento ou piedade.

Em verdade, as peripécias da mãe no Instituto do Coração davam a impressão, note bem, de que a parentalha logo se reuniria na mesma morgue, para o mesmo ritual, dentro de algumas semanas. Mas hoje em dia, como se diz, a medicina está um colosso. E a mãe recebeu alta com prognósticos de larga sobrevida. Antes de ir para casa, a mesma enfermeira deu-lhe a notícia do "passamento". Presenciei seu choro impreciso, com soluços burocráticos de quem saía dali para a vida. Em uma semana, as visitas vieram com os melhores desejos e os pêsames embrulhados no mesmo pacote. A impressão era de que tudo não passara de um jogo de luzes.

Enquanto os pixels forem quadrados, haverá uma imprecisão incompatível com as coisas reais. Mas se a mãe souber da existência dos retratos, vai querer vê-los. E HC deverá mostrá-los para observar seu pranto extemporâneo.

# Saia-secretária

Horace Catskill é um terrorista decadente. Está sentado no último banco do avião. Escapou da glória de morrer espatifado numa fazenda da Pensilvânia, naquele belo dia de sol. Espreita. Sem planos, espera uma brecha, um cochilo. Dentro dele um feroz embate. A impossibilidade de ver as manchetes no dia seguinte. O impagável pasmo na cara dos idiotas. Cresce uma arrebatadora pulsão cristã de salvação, de glória eterna, um medo infernal da morte. Ele sorve o copo de água tônica, um pequeno arroto lança no ar cheiro de foie gras. Ao longo do corredor, de costas, vai uma comissária com seu cabelo em coque e as nádegas arrebentando na saia-envelope azul.

Se o avião cair no centro de Avignon, isso poderá ter um belo significado, mas nada seria tão comoventemente simbólico quanto desintegrá-lo nos mármores da grande nave da basílica de São Pedro. Ou fazê-lo partir a abadia de Westminster em duas. Um sentimento vácuo, de estômago em queda livre, vem com uma turbulência. Fasten your seat belts. Extinguish your cigarrettes. HC apaga o marlboro cremoso com um muxoxo, sob os olhos inquisitivos da comissária. Fodo a piranha agora mesmo.

De repente, a brecha. Quando o avião tocou o solo em Heathrow, HC tinha a moça já desfeita da saia-secretária, um tufo de silver tape na boca e um estilete na garganta. Ele pôde ver-se no espelho do banheiro, tomando-a por trás, ele que até sabia decolar, mas não estava interessado nas instruções de pouso.

## Kalashnikov

Ele estava nu, tamborilando os dedos na mesa, esperando o forno apitar. A TV anunciava um morticídio na escola do bairro, manchas de sangue fresquinhas. Duas pequenas barquinhas de massa podre rodavam no forno, quentes, prontas para serem preenchidas com chantilly; uma salivação, dali para a boca, e, enfim, açúcar no pandulho. No sangue.

 Ninguém sabe muito sobre ele. O nome, ao que parece, é um anagrama. Uma coisa de ficção. Deve ter pelo menos uns vinte anos a mais do que os quarenta que são certos. Seu corpo é um Lucien Freud, pesado, massa cinza. Entrar no cérebro de Horace Catskill agora seria como atravessar um vendaval sem proteção. A aparente calma esconde uma pulsão, um tesão subversivo. Cada poro de seu corpo exala um sentimento de morte com orgasmo.

O forno apitou ao mesmo tempo em que a apresentadora chinesa da CBS chamou o link direto da porta da escola, o tailleur rosa-clarinho e pancake emoldurando uma boquinha rápida, ar preocupado, e Catskill cagando um monte para a rotina das "tragédias". Bochechas cheias, o doce inundando a base da língua, a massa mastigada descendo pela garganta. O jorro dentro da cabeça carrega alguns insights mais claros, como uma certa obsessão por comer a Maria de Medeiros em Henry & June. E de insight em insight, você sabe, avolumam-se as ereções. E as punhetas não têm hora nem lugar para se consumarem. Sobretudo quando se trata de Horace Catskill, um cidadão que não diferencia o fazer do pensar.

Corpo docente e pupilos, todos mortos. Quando a polícia chegou, era só silêncio. Os projéteis arrebentaram bem as carnes. Nas paredes, furos aos montes. Sem testemunhas. O facínora deve ter saído pela porta da frente a passos largos e dirigido tranqüilamente seu automóvel até um lugar não muito longe, onde depois poderia lavar as mãos, trocar de roupa, ligar a TV e comer umas tortinhas com bastante chantilly.

Horace Catskill continua nu, de pau em riste, comendo tortinhas prontas na cozinha, ouvindo ao longe o noticiário. Suas mãos cheiram a pólvora e estão impregnadas do balanço do Kalashnikov.

## Um duelo com Luther Blissett

Charles Dickens, Luther Blissett e eu estamos nos vértices de um triângulo perfeito dentro da taverna. Coisa de cinco metros. Blissett consegue observar os dois, enquanto eu sou obstruído por umas mulheres risonhas. Só consigo encarar Blisset. Dickens está de férias. Passa temporadas no litoral pedregoso de Broadstairs para descansar do tumulto da capital. Vai sendo tragado pelo século XIX. Tomo cidra filtrada aos borbotões e sinto que não dormirei sem antes arrumar uma briga.

Qualquer pessoa bem informada sabe que Luther Blissett é uma fraude. E que seu projeto literário se ampara num manjado artifício de cruzar informações históricas com ficção, de preferência com ambientação medieval, porque é mais difícil de checar. Aproveitando que ele agora resolveu trafegar pelos estertores do Oitocento, sinto-me à vontade para freqüentar seu bar preferido, bisbilhotar sua casa e assediar sua mulher.

Como todo filósofo mistificador, Blissett é um homossexual. A grande verdade é que não acrescenta uma linha sequer ao pensamento de Schopenhauer e Spinoza. Essa é a verdade. Uma verdade objetiva. Ele está tomando absinto, que também é coisa de saltapocinhas. Posso adivinhar que vibra com a hipótese de que sua mulher possa ser currada por uma legião de homens mais machos do que ele.

Com mais uns dois passos em direção ao balcão, fico a duas envergaduras de distância de sua cara de salamandra pré-histórica. Um salto bem dado, com a mão vinda de trás, vóp, alcanço-lhe o queixo. Mas não teria graça. Quero dizer umas verdades. Algumas considerações que fariam corar um escritor do século XIX. Eis que então ele se adianta. Um grunhido xaroposo vem precedido por um dedo apontado balançando no ar. Ninguém fica incólume quando põe o dedo para mim.

Minhas considerações, num vapor de perdigotos e exasperação: foda-se você com sua idéia de copyleft.

Um salto bem dado, com a mão vinda de trás, e vóp, vororóp, alcanço-lhe o queixo e ainda tiro tinta da cara de dois bibelôs que o emolduram. Ele não teve tempo de ver a mão crescendo-lhe nas fuças. Charles Dickens, sobrolho erguido, espia e sabe que alguma coisa importante deve ter acontecido com a literatura pós-moderna.

## Djoso-horace

Ser uma linda de suplex não é para qualquer uma. Os homens, em geral, querem as lindas de suplex porque são garotas comuns, com suas roupas de ginástica apertadas, posando quase sempre para o namorado. Além das ancas jovens, há um tesão especial pelo fato de eles incentivarem a exposição delas na internet. Ela foi a linda de suplex de janeiro, mês em que completou vinte anos. Djoso-horace deseja profundamente ser pisado por uma linda de suplex. E vamos supor que ele tenha conseguido contatar a nossa estrela de janeiro para um programa com o consentimento do fidanzato.

Muitos sempre suspeitaram que Horace, obviamente, nunca deixara de ser uma das personas do apresentador de televisão Djoso-horace. O fato ficou claro quando ela chegou ao porão, apertou o botão do interfone e recebeu um clique seco da porta automática. Foram os dois lances de escada mais demorados de sua vida. Afinal, ela sabia que iria encontrar-se com ninguém menos que Djoso-horace. Mas fingiu que era normal. Ele atendeu à porta num outfit de couro justo, cheio de tiras e fivelas de metal. A barriga caía-lhe fartamente sobre as pernas como uma saia adiposa, ocultando o escroto. Sua brancura contrastava com as correias negras que separavam suas duas mamas peludas, pendentes com pregadores nos mamilos. Não era normal. Ninguém acharia normal. Mas ela fingiu que estava tudo ok. Puta acha tudo, tudo, tuturututudo normal. Uma máscara negra encobria seu rosto famoso de televisão. Ela veio apenas linda, de suplex.

Ficou bem à vontade para escolher um entre os dez consolos da coleção de Djoso-horace. Um de cristal, grosso e liso. Ela pôs o cinto de couro na pélvis, encaixou-o e logo estava metendo a vara naquelas nádegas brancas imensas. Ele levava sem dar um pio. Cansada, ela tira o suporte, tira o legging de suplex, o tapa-sexo Calvin Klein e exibe um micropênis de quatro centímetros, duro. Surpraaaise! Ninguém poderia imaginar que a nossa linda de suplex tivesse um micropênis. Não é normal. Ninguém acharia normal. Mas Djoso-horace achou normal e chupou a coisa por 15 exaustivos minutos. Depois, pediu que ela calçasse uma sandália com salto stiletto antes de caminhar em cima dele, afundando os pezinhos na banha, quase furando. Os pés acabaram na boca, saliva por todo lado. Agora mija, ele pediu. Fez-se um enorme silêncio. O CD do Brian Ferry terminara, e no ar só havia a respiração de ambos. Foram os segundos mais demorados de sua vida. Afinal, ela estava ali com ninguém menos que Djoso-horace. Mas fingiu que era tudo normal e pronunciou um sonoro não no momento em que pela primeira vez fitou os olhos miúdos atrás da máscara. Ele gozou de prazer, e ela saiu rebolando porta afora, linda, de suplex.

## Atropelamento

Rua Monjitas, tenho sede, e o estômago colado. Há muito deixei de lado o garbo, a coluna ereta e a impecável caminhadura. Sou como aqueles sujeitos de traços finos disfarçados pela fuligem e o medo embaixo dos pontilhões, loucos de inanição e raiva. Rua Monjitas na altura da Praça de Armas. O caminhão de lixo exibe as luzes e o barulho; o som da cidade está encoberto, antecipo-me nos restos do hotel Vitoria, lambo latas de atum e fanicos de pão italiano e pastrami, deglulo uma pequena poça de ginger ale quente no plástico negro dos detritos que são logo recolhidos pelas mãos hábeis de um negro. Um dos poucos negros. Repele-me um tufo de fumaça preta à outra margem da rua e, en passant, resvalo no sujeito que sobrevive deitado em cobertores curtos, um legítimo cocoon em cujo crânio está alojado há décadas um projétil, Zavalita, um mui bem quisto clochard que levanta os saiotes plissados das estudantes do colégio Imaculada Conceição. Paro. Mijo a seus pés. Sigo ganhando as gentes da plaza, jovens bêbados apagam-me um cigarro nas fuças, arfo, sigo, adiante há a catedral de portas abertas e o piso frio que me liberta do calor.

Desconheço, honestamente, os simbolismos da grande nave e suas peanhas. Ao longe, capto os silvos da cidade, apitos, buzinas e vozes femininas.

Uma casa de carnes. A carne é uma substância saborosa. Preciso das casas de carnes. Sugo os tutanos crus, chupo as gorduras, tramelas de vacunos em sangue pisado. Línguas, olhos, bochechas; eu, um ser mediano, no digladio diário com as moscas. Sujo de sangue, me atiram água a cem graus centígrados para a dispersão. Estou satisfeito, mas anseio. No beco do mercado central há uma fêmea no cio. Ela oferece sua boceta a outros tantos; vejo-os afoitos, e alguma coisa em mim se assoberba. Quero penetrar a cadela na porta da carniceria, é o que faço, mordendo duramente o cangote dela. O gozo. Permaneço ainda alguns minutos dentro, e a brisa do poente me impele ao bairro dos boêmios. Ali, uma bela fêmea na companhia de um macho me afaga a cabeça. Uma zonzura completa, um prazer. Não tenho sede, fome, raiva. Sou, de novo, um campeão. Um ereto espécime de garbo. De pé, farejo uma noite de perdição. Arranco com as quatro patas à outra margem da rua, e os pêlos do pescoço eriçam milésimos de segundo antes de um peugeot passar com as duas rodas sobre minha cabeça e ganhar a alameda O'Higgins.

## Namorados

HC pôs filme preto e branco na leica, fez um pequeno cerimonial e saiu. A bela arquitetura do Cerro e suas pessoas. Ele media os semitons, as escalas de cinza, os contrastes impossíveis. Setembro é o mais cruel de todos os meses, germina lilases da terra morta, mistura memória e desejo, aviva agônicas raízes com a chuva da primavera.

Ele foi ver os homens jogando xadrez nas mesas em fila na praça — um revezamento de peças brancas e negras e boinas, barbas cofiadas por fazer, curiosos ao derredor, fixos olhares e rápidos movimentos de ida e volta ao relógio, bate, bate —, logo enquadrando tudo, mensurando a exposição da luz, a velocidade, as cenas que se formavam espontaneamente para seu deleite.

Cada passo, uma imagem. O vitral da igreja, as gárgulas, um casal de namorados, uma seqüência de vasos chineses vigiada por um incauto oriental com chapéu de camponês, crustáceos no mercado central, uma fila de carabineiros ao longe margeada por centenas de postes de luz em perspectiva, perfeita diagonal.

No firmamento, enquanto ele fitava uma esquadra de gaivotas numa formação aflita, o temporal começou a bradar seus impropérios. Ninguém poderia prever tal fúria. Ele mira a tormenta tropical, o ciclone levantando placas de madeira, vindo a torrente das águas. Recolhe-se num café. Abre a máquina e percebe que o filme está na mesma posição, virgem, intocado, inalterado, em branco. Lá fora, a ventania e a força das águas despedaçam a cidade. Nunca a morte a tantos destruíra. Breves e entrecortados, os suspiros exalavam, e cada homem fincava o olhar adiante de seus pés enquanto a água enchia todos os lugares e derrubava as construções colossais, punha abaixo as árvores e acima os carros.

No dia seguinte, a água das ruas trazia aos pés em pequenas ondas alguns brinquedos, discos, garrafas e fotografias de pessoas que ele não conhecera. Para alguém que ali estivesse naquele momento, nada haveria além do silêncio e da visão da terra arrasada. Nada ao redor além do caos. Ele apanha uma das fotografias anônimas no chão e observa a cena monocromo, duas figuras sentadas num banco. Parecem namorados. Provavelmente são.

# Caput

Sentinelas à noite, operadores de morse no alvorecer. Revezavam. Passaram cinqüenta anos comendo arroz, remanescentes de uma base no charco. Cinqüenta anos com o morse quebrado, tentativas de conserto, vigílias inúteis. Enterraram um pelotão inteiro, morto de velho. Restaram duas vidas dedicadas ao imperador. Eles viram eclipses, luzes de asteróides, tempestades. Envelheceram com suas barbas orientais brancas e espichadas. De nada souberam.

HC transformou-se no único soldado do exército japonês a ignorar a rendição. O relato de como HC teria sido visto como um bicéfalo eunuco é conhecido. Um soldado tem alguns rituais quando vai à luta. Sempre usa máquina para cortar os cabelos. Ele acordou trincado. E à visão de seu reflexo no espelho notou um furúnculo saliente no pescoço. Saliente talvez seja um eufemismo. Talvez até uma mentira. O furúnculo, repolhudo e túrgido, preenchido por um carnegão duríssimo, era respeitável. Mais de perto, ele percebeu que era uma aberração. Avistou nele pequenos dentes e fios de cabelo, olhos como os dele, semiabertos como os de um recém-nascido. Desmaiou antes de ouvir as palavras que saíram lentamente da boca cheia de dentinhos. Ao primeiro desmaio seguiu-se outro, quando, pondo-se em pé na frente do espelho, viu que o furúnculo crescera como uma cabeça, cabelos e personalidade definidos. Horace Catskill nunca deixou de ser um bravo dividido entre a lei e a barbárie. Agora eram HC e HF, Horace Catskill e Horace Furúnculo.

HC e HF não conheceram o homem que despejou as ogivas sobre as cabeças amarelas e tampouco aquele que registrou a imagem do portentoso cogumelo de radiação e fumaça. A cena correu o mundo. Bastou para que a guerra terminasse. De certa forma, aquele homem poderia ser considerado um herói. Mas HC e HF nunca souberam.

Em pouco tempo passaram a conviver normalmente. Desenvolveram um sistema de aceitação mútua. Bebiam saquê e falavam sobre gueixas imaginárias.

Tocavam adiante os afazeres da base; limpar o banheiro pela honra do imperador, engraxar os coturnos pela honra do imperador. Revezavam na masturbação; dois cérebros e um só pênis. Obcecados, cada qual desejando que o outro desocupasse o instrumento para que, em sessões alternadas, servisse às duas cabeças.

Tudo funcionou bem até que começaram a brigar. Eram duzentas sessões diárias, cem per capita. Para piorar a situação, HC começou a ter orgasmos enquanto o outro usava o pau. Enfurecido, HF propôs que decepassem a vara; podada, foi logo posta num vidro com formol. Naquele dia, HC deu um porre em HF e, quando Horace Furúnculo estava desacordado, aproveitou para colocar seu crânio numa morsa, apertando-a até explodir. Em seguida, livrou-se da cabeça com a ponta da baioneta. Deixou o cabelo crescer, pegou os coturnos sujos e desertou, levando pelo caminho o pênis embalsamado embaixo do braço.

## Besta-fera

Nunca coloque uma palavra como dentifrício no primeiro parágrafo de uma história. Você pode muito bem falar do cigarro primeiro ou do brócolis com alho, preparar o terreno, e então joga lá a coisa mais estranha. Nunca assim, de chofre. Never, never. Apenas quando for urgente.

Pois HC acabou de descobrir a palavra. Calhou de ler pela primeira vez no tubo de metal amassado a descrição científica da pasta que colocou na escova de dentes para, segundo as instruções, acabar de uma vez por todas com as suas placas bacterianas. Apostou todas as fichas no amálgama de fluoreto de sódio e sílica, ele, um homem das terras altas que nunca tinha escovado os dentes. Um autêntico highlander de hálito ancestral.

Naquele dia, HC estreava a nova arcada depois de comer um prato de brócolis ao alho e óleo, beber cerveja preta e fumar alguns cigarros. Sentado no reservado do toalete, lia atentamente as letras miúdas da bisnaga com lágrimas nos olhos. HC, como nem todos os mortais, pode ser visto conferindo estoques na Barnes & Noble. Como nem todos os mortais, foi capaz de prover dinheiro a duas gerações com o recebimento de royalties pelas platitudes espirituais que escrevera. E, como todos os mortais, está agora apoiado com as nádegas no reservado, vertendo lágrimas estranhas — se refizermos o trajeto de qualquer uma delas, seremos incapazes de apurar a profundidade de seus sentimentos, todos eles descritos em algumas jipadas de livros traduzidos em todos os idiomas.

Ele acabou de deixar o dentifrício — agora sim — cair no chão antes de limpar-se com uma pequena ducha, pôs-se de pé e encarou o espelho do banheiro do hotel em que se metera em Tottenham Court Road. Ao abrir a boca, avistou algumas pequenas partículas verdes, renitentes, nos molares inferiores. Mas era como se aquilo não lhe dissesse respeito. Aliás, a única coisa que reconhecia naquela imagem à sua frente eram os olhos amendoados que herdara do pai. Em sua cabeça restavam ondas de anestesia da operação.

Nada muito mais. Levou as mãos ao rosto, apalpou as britas e retirou aquela face, guardando-a numa solução de água boricada. As partículas verdes boiaram no líquido espumado. Ele olhou profundamente no espelho e admirou aquele design perfeito.

    Saindo do banheiro em direção à escrivaninha, HC, o homem que não gosta de beijos, sentou-se nu à máquina e escreveu roteiros para a história do fantasma que assombra o teatro e se apaixona pela soprano, para a fábula do corcunda que é caçado à morte e para a trama da bela jovem apaixonada por uma besta-fera.

## Música

Estava elegantemente vestido, sem documentos e nada a dizer. Era, para todos os efeitos, um indivíduo sem nome, de olhar perdido e formas taciturnas. Sentou-se ao piano e iniciou o Lago dos Cisnes, de Tchaikovski. Sabe-se que era viciado em terpenos, o que poderia explicar a perversão alimentar de comer suas teclas. Ia adiante, alheio aos comedores de medialunas com conhaque.

Carpideiras postadas nos bancos de alvenaria nos entornos da sala. Hinos fúnebres para o entra-e-sai apertado de comendadores e gente-bem, senhouras em chapéus, algumas crianças zanzando, umidade e moscas pesadas, comentários piosos e tapinhas nas costas. O cheiro dos crisântemos começou a grudar nas paredes das narinas do pianista, e alguns acordes desandaram ao silêncio total, não sem antes lançar na atmosfera um feio ruído. Todos os personagens se entreolharam perplexos, lançando em seguida um olhar único ao pianista, que, a esta altura, tinha cara de quem precisava dum trago. Com certa urgência. Nenhuma droga é como o álcool. A propósito, o ácido lisérgico é um veneno poderosíssimo. Duas gotas bem concentradas podem chapar um destacamento de mil homens. Tudo pode terminar com uma confusão discreta dos sentidos. Cardiopatas e pessoas sensíveis podem morrer com alguma facilidade, mas não ele. As notas foram novamente lançadas no ar, e os personagens reassumiram suas funções. Um garçom dos mais sagazes deixou-lhe um copo pouco acima dos dentes do piano. Que lhe parecia agora mais um cravo.

Num canto, os entes. Os entes são. E no nosso caso específico também estão vestidos de preto, gafas de sol, lenços e calmantes. Estavam ali para despachar o ex-pugilista argentino Horace Catskill, que reinara como campeão mundial da categoria super leve entre 1968 e 1972, morto na noite anterior, aos 66 anos de idade, em conseqüência de uma parada cardíaca. Alguns milongueiros de boné acercaram-se dele. Um corpo que durante décadas consumira apaixonadamente a fumaça de alguns milhões de cigarros de fumo turco. No centro da sala, num caixão de rádica canadense, jaz o intocável HC com suas luvas vermelhas de oito onças, uma em cada mão, o cinturão de campeão no abaulado abdome, o pulôver de pêlos grisalhos à mostra e o esboço de um leve sorriso.

O pianista levantou as duas mãos ao final da execução, ergueu-se, tomou na mão direita o terceiro copo, deslizou até a urna e curvou-se para descolar com uma língua imoral os lábios de HC-cadáver, perscrutando-lhe as arcadas de fio a pavio sob o pasmo das testemunhas. Depois cuspiu uma moeda de saliva grossa naquele rosto insolente e saiu pela porta com o olhar perdido e suas formas taciturnas.

## Débito

Um homem entre sete irmãs, arrimo da casa com a morte do pai. A ascendência britânica fazia dele um homem da terra. Religioso. Bacalhau todos os dias. Bacalhau, bacalhau, bacalhau. O longevo HC desenvolvera a falsa aceitação de cidadãos negros na igreja. A todos os outros grupos étnicos bem definidos reservava um desprezo explícito em prédicas e desaforos. Hoje ele está sentado na quarta mesa da ala central do restaurante, tentando controlar o tremor das mãos munidas de talheres especiais para trinchar lagosta. A soda caiu-lhe no colo; a expressão de desgosto com o serviço é ostensiva. E a lagosta está definitivamente dura. Maçada. Era como estar num caldeirão abrindo fervura sob os olhos sádicos de Mobutu Sese Seko Nkuku

Ngbendu Wa Za Banga por trás daqueles inomináveis óculos de tartaruga. Era como ser inquirido pelo chefe dos Tonton Macoutes.

— Judeus são pornógrafos potenciais.

A máxima de HC ao final de cada um dos encontros do Rotary Club nos últimos cinqüenta anos.

— Irlandeses e italianos não são muito inteligentes. Acabam na polícia.

Todos olhavam condescendentemente a figura grisalha, de voz gasta, o ex-prefeito cujo mandato fora marcado pela tragédia do ônibus escolar que virara uma folha de metal com detritos infantis embaixo do trem. O ex-juiz mais votado, famoso por um certo senso de razoabilidade. O soberano dono da única agência dos correios. Ele era, afinal, HC, o homem que detestava bacalhau e tinha conquistado alguma respeitabilidade com o passar das décadas.

Puto nas calças, literalmente, caminha pelo estacionamento até o cadillac ocre que apita quando a porta não está bem travada, quando o combustível entra na reserva e quando o condutor esqueceu ou preferiu não usar o cinto de segurança. Em casa, tudo na mais perfeita ordem. Nenhum pó no aparador, checa com o dedo. A mulher sentada sempre no mesmo lugar. Apenas uma coisa estranha em cima da mesa. Seria aquilo uma garrafa de vodca Stolichnaya pela metade? Com o peso de um Gulliver recém-liberto das amarras, ela pôs-se de pé e teve um ataque histérico antes de revelar que vinha bebendo uma garrafa por dia nos últimos 25 anos. Incrível como vodca não deixa mau hálito. Ela quebrou alguns objetos, esperneou e ameaçou-o com uma faca de cozinha. Foi o que bastou para que HC puxasse o telefone e solicitasse a presença dos tiras irlandeses para que ajudassem a remover dali a mulher descontrolada.

Em cima da mesa, ao lado da garrafa, uma nota descrevia a dívida do bebum fiado. Dois dias de cana, e a mulher seguiria para uma sofisticada clínica de reabilitação, gerando imediato desconforto mensal de menos 25 mil dólares em suas finanças. Ao cabo de 12 anos, o octogenário HC finalmente conseguiria o divórcio, por não mais reconhecer aquele débito como seu.

## Calçados de madeira

O sol entrou pela racha e impôs-se, revelando o melado pregado nas medalhas de luta olímpica e bola-ao-cesto, a fotografia úmida de papel fosco que revelava uma jovem loura de cabelos amarrados numa fita rosa, posando diante da fachada de uma bela casa de subúrbio, montada na bicicleta, coxas à mostra.

Quando despertava, às duas da tarde, punha os calçados de madeira e caminhava duzentos metros até o pântano, garimpava algo que pudesse garantir o resto do dia, guardava por um bom tempo no robusto refrigerador de gasogênio, branco e rombudo como uma kombi, e fazia abluções na bica.

À noite, entornava toda a beberagem de arroz e, satisfeito de alma e gozo, dormia ali mesmo onde o sol viria triscá-lo pela manhã. Anos e anos, talvez uns dez, passaram-se sem que a rotina fosse quebrada, a não ser por um episódio incomum.

Quando o governo enviou uma carta comunicando a morte de sua mãe, HC chorou durante 15 semanas sem parar. Um choro convulsivo e, ao mesmo tempo, idiota. Quando secou a última lágrima, às duas da tarde, ele pôs os calçados de madeira, caminhou duzentos metros até o cemitério pantanoso dos soldados e obteve um dos últimos fêmures encarnados, fez as mesmas abluções. Refrescou a peça na kombi e, esticando-a numa pedra, fendeu-a com uma faca bem afiada, abrindo uma nesga na carne cujas fibras tinham sido destruídas pelo tempo. Uma carne terrosa. Ele tirou do bolso uma longa fita de seda rosada, amarrou-a firme em torno do escroto e introduziu o pênis no pernil em estocadas, por alguns segundos. Dormiu seguro. E na manhã seguinte soube que oficialmente poderia ir embora para casa.

# Chesterfield

Grossa aliança no dedo, austero perante a família e os agregados. O mapa genético poderia ter revelado, décadas mais tarde, que o semblante ligeiramente balofo, a ausência de pescoço e os grunhidos eram, em verdade, frutos de uma rara mutação. Para esconder os pés tripartidos, usava sapatos de cromo alemão talhados sob medida. Ao chegar à capital, depois de dez horas de estrada, Moisés, o motorista, seguia diretamente ao rendez-vous, escoltava-o até a porta e passava a noite do lado de fora, sentado ao volante, dormindo com os olhos abertos. Um negro de alma branca, como se dizia.

HC era senhor de si no sofá Chesterfield. As cócegas faziam-no guinchar, as orelhas de feijoada tremelicavam e, ao final, as mulheres chupavam com gosto o vergalho. Em seus braços, HC era feliz gozando a expensas da República. Até que, por infeliz acaso, um fotógrafo da revista O Cruzeiro passou registrando com a leica as galhofas daqui e dali. Desperto da esbórnia, HC, o homem que nunca ousara falar de amor, precisou tomar providências para evitar o esmagamento de sua reputação. Caíram na estrada de volta. Na manhã de domingo, na praça central de Araraquara, antes que o encarregado pusesse as mãos no reparte da revista, HC estava de pé, firme como um bacon torrado, a pistola nas mãos apontada à caixa craniana do pobre jornaleiro. Pagou pela totalidade dos fardos e, em seguida, ateou fogo aos montes e seguiu viagem. Guardou para si um único exemplar e, enquanto folheava, desejou estar a bordo do Chesterfield mais uma vez. Mas não viu naquelas fotos qualquer homem que fosse vagamente parecido com ele.

## Morbocornudo

Ele dorme com dois revólveres embaixo do travesseiro. Não passou um único dia de sua vida adulta sem rivotril. Ressona. Tinha mandado dois lexotans e amargava o desconforto de sua couchette. Havia o temor de que o lenhador alsaciano que fora pego no meio do caminho desabasse sobre ele com tantos resfôlegos. Horace Catskill nasceu do ventre de uma mulher chamada Maria, mamou naqueles seios e depois, ao descobrir-se organismo vivo, não tardou para que caísse na vida e fosse felado por uma outra mulher de mesmo nome.

Estava com a cabeça cheia de sexo e o nariz entupido com o cheiro das meias do lenhador. Como qualquer bactéria, HC é um ser necessário. Não mais nem menos necessário do que um hipopótamo, uma alga ou filósofo sartriano. Bêbado, prestava seus melhores serviços à humanidade. Gastava seu precioso latim em pensamentos elevados sobre as mulheres. Entre eles, o de que só mesmo um homem obnubilado pelos clamores primitivos do gozo se sujeitaria a rastejar atrás de um espécime de ombros estreitos, ancas largas, estatura desprezível e nenhum pendor para o trabalho intelectual.

 HC, o homem que nunca admitiu ter o pescoço escanhoado, contraiu núpcias assim que chegou a Nantes. Bastaram dois meses para que um homem de hábitos feito ele chegasse à conclusão de que casar é irresistivelmente cômodo. Quando o senhorio tocava a campainha, ele se mandava. A mulher, nos afazeres, atendia à porta quase sempre com o grosso avental molhado do tanque. Tinham sempre muito a tratar; ela desatava os laços e pendurava a peça ao mesmo tempo em que enxotava as crianças para brincar na rua, exibindo um peignoir translúcido de puído. Era o tipo mignon. Ele, cromagnon. Ela dava conta dos sorvetes, figos e tâmaras secas que o homem trazia nas mãos e só depois iniciava os trabalhos. O velho árabe fodia aquelas carnes impiedosamente, em exatas duas horas. Horace Morbocornudo Catskill voltava sempre no mesmo horário, a tempo de acenar com o chapéu ao satisfeito senhorio, que, com passos lentos e discreto sorriso, deixava o bairro para trás.

## Dois estalos

Só mais 57 segundos. O estrondo havia estourado os tímpanos, de onde escorriam dois filetes de sangue negro. As órbitas oculares tinham saltado, mas ele via qualquer movimento naquela opressora escuridão. Foi tudo rápido. HC, o homem que não teve infância, estava deitado em sua cama nos aposentos do décimo andar, sonhando cenas arrebatadoras, quando a base do edifício ruiu em dois estalos e, em seguida, ele foi sugado pela força gravitacional. Suspenso, viu fatias da vida, uma maquete do mundo, um casal nu engatado, uma coleção de discos, porta-retratos ancestrais, um piano de tampa aberta e teclas tilintando, plástico; o mundo era feito de plástico, dos canos às tupperwares com restos de comida. Tudo em suspensão, ensanduichado em camadas de tijolos, vergalhões, pó, fogo e água, num átimo, a vertigem e os escombros.

Só mais vinte segundos. A boca está entupida de cimento. O crânio intacto, o corpo insensível, esvaindo-se em humores no claustro, e os ossos que vão do cotovelo à base da mão eram uma pequena pilastra, sustentando aquilo que parecia ser o peso de um pavimento. O ângulo correto, testando o limiar dos seus pontos de fissura. Nas franjas da vida, o ar rareou, o diafragma desistiu e a atmosfera tornou-se completamente sólida. Numa das últimas imagens do sonho, via a delicada fímbria do horizonte e as estrelas. Com o lascar dos ossos, dois estalos, e a estrutura chapou o corpo assustado, desperto num afogar do travesseiro, acelerado pela sensação de cair e cair.

Este livro foi composto na tipologia
GoudyOldStyle BT, em corpo 11,5/17, e impresso
em papel off-white 80g/m², no Sistema Cameron
da Divisão Gráfica da Distribuidora Record.

Seja um Leitor Preferencial Record
e receba informações sobre nossos lançamentos.
Escreva para
**RP Record**
**Caixa Postal 23.052**
**Rio de Janeiro, RJ – CEP 20922-970**
dando seu nome e endereço
e tenha acesso a nossas ofertas especiais.

Válido somente no Brasil.

Ou visite a nossa *home page*:
http://www.record.com.br